Steven Spielberg

Querido lector:

En sus manos tiene un regalo.

Quizá ya lo sepa, porque lo ha comprado para sus hijos, o para un buen amigo. Pero lo que posiblemente no supiera es que comprando *El traje nuevo del emperador* también ha ofrecido un regalo a los niños con enfermedades graves. Los beneficios que genere la venta de este libro irán destinados a la Fundación STARBRIGHT y serán una ayuda para devolverles una libertad que a menudo la enfermedad les arrebata: la libertad de ser precisamente eso, niños.

La mayoría de los chicos ingresados en hospitales están asustados. Al hablar con ellos lo he comprobado una y otra vez: ansían saber qué les pasa. Ayudarlos a encontrar respuestas a sus preguntas y darles alternativas creativas para enfrentarse a los retos de las enfermedades graves es lo que STARBRIGHT pretende. Cuando los niños entienden lo que ocurre, sus mentes toman cartas en el asunto y sus vidas —a menudo también su salud— mejoran.

Los proyectos de STARBRIGHT son colaboraciones remarcables en las que se unen los mejores talentos de los mundos del espectáculo, de la pediatría y de la tecnología avanzada con un solo objetivo: ofrecer una ayuda a los niños en su lucha contra las enfermedades graves. Devolviéndoles la sonrisa y la esperanza que nunca deberían perder, STARBRIGHT les ayuda a sobrellevar la pena, el miedo y la soledad, y les permite seguir en contacto con su infancia.

Esta excepcional reinterpretación del clásico de Hans Christian Andersen es realmente otra colaboración que no se puede pasar por alto. Es el resultado de la generosidad y del talento de veintitrés celebridades y de veintitrés ilustradores famosos que abrieron sus corazones para donar su tiempo y su creatividad en ayuda de STARBRIGHT.

Y gracias, lector, por su apoyo al trabajo tan importante que STARBRIGHT lleva a cabo. Todos los que nos hemos involucrado en este libro tan especial esperamos que se lo pase tan bien leyéndolo como nosotros al hacerlo.

Con mis mejores deseos,

Steven Spielberg
Presidente

Posdata: *¡Cuidado con los tejedores espabilados!*

PARA MÁS INFORMACIÓN, PÓNGASE EN CONTACTO CON:

The STARBRIGHT Foundation

1990 SOUTH BUNDY DRIVE, SUITE 100

LOS ÁNGELES, CALIFORNIA 90025

1-800-315-2580

http://www.starbright.org

EL TRAJE NUEVO dEL EMPERADOR

Hans Christian Andersen

El TRAJE NUEVO dEL EMPERADOR

Una nueva versión del clásico cuento hecha por los famosos

Ediciones B
GRUPO ZETA

Barcelona • Bogotá • Buenos Aires • Caracas • Madrid • México D. F.
Montevideo • Quito • Santiago de Chile

Liam Neeson

Harrison Ford y Melissa Mathison

Angela Lansbury • Nathan Lane

Jason Alexander • Dra. Ruth Westheimer

Madonna • Carrie Fisher y Penny Marshall

Melissa Joan Hart • Jonathan Taylor Thomas

Jeff Goldblum • Dan Aykroyd

Robin Williams • Geena Davis • Calvin Klein

Rosie O'Donnell • Fran Drescher

Joan Rivers • Steven Spielberg

General H. Norman Schwarzkopf

John Lithgow

ILUSTRADO POR

Quentin Blake • Maurice Sendak

Peter de Sève • Etienne Delessert

Chris F. Payne • Mark Teague

Steve Johnson y Lou Fancher

Daniel Adel • Carter Goodrich

S. Saelig Gallagher • Gary Kelley

David Christiana • Chris van Allsburg

Berkeley Breathed • Kinuko Y. Craft

Steven Kellogg • Tomie dePaola

Michael Paraskevas • Fred Marcellino

Don Wood • Graeme Base

William Joyce

Título original: *The Emperor's New Clothes*

Traducción: Daniel Najmías

1.ª edición: noviembre, 1998

Publicado por acuerdo con Harcourt Brace

La editorial desea agradecer al personal de Storyopolis

su contribución y colaboración en la realización de este libro.

Impreso en España - Printed in Spain

ISBN: 84-406-8687-0

Depósito legal: CO. 1.244-98

Impreso por Graficromo, S. A.

Dirección artística y diseño: Michael Farmer

Realización de cubierta: Gemma Pellicer

STARBRIGHT quiere expresar su agradecimiento
a las siguientes personas, sin la ayuda y el talento de las cuales
El traje nuevo del emperador no habría sido una realidad.

Karen Kushell

PRODUCTORA EJECUTIVA

Fonda Snyder   Dawn Heinrichs

PRODUCTORES

Gilles Wheeler

ASESOR

Paul Allen
Susan Amster
Kristy Cox
Robin Cruise
Dan Farley
Michael Farmer
Anthony Gardner
Tracy Hargis
Jacquie Israel
Cheryl Kennedy
Marvin Levy
Christina Lurie
Kristie Macosko
Kevin Marks
David Nelson

Gang, Tyre,
Ramer y Brown
Jody Patton
Rubin Pfeffer
Susan Ray
Stanley Redfern
Eric Robison
Margie Rogers
Peter Samuelson
Richard Schmitz
Steven Spielberg
Michael Stearns
Peter Stougaard
Lawrence Weinberg
Frank Wuliger

... y David K. Haspel, cuya idea de crear un cuento famoso
con famosos a beneficio de STARBRIGHT
inspiró este libro.

EL TRAJE NUEVO del EMPERADOR

NACÍ CURIOSA

ILUSTRACIONES DE LA POLILLA DE QUENTIN BLAKE

PODRÍA INCLUSO DECIRSE que soy una entrometida.

Sí, de acuerdo, soy una fisgona.

Por eso estoy tan contenta de ser una polilla. Soy pequeña, apenas llamo la atención y he tenido la posibilidad de mariposear por todo el mundo para verlo todo.

Bueno, al menos eso era lo que creía, hasta que aterricé en un imperio, no muy lejos de aquí, donde había una vez un emperador apasionado por la moda. Nada lo hacía más feliz que estrenar vestidos nuevos y elegantes para enseñárselos a todos los habitantes imperiales.

Faltaba poco para su cumpleaños, y en el desfile organizado en su honor quería estrenar el traje más magnífico jamás diseñado, hecho con la mejor tela del mundo.

¿La mejor tela del mundo? ¿Cómo podría una polilla que se precie de tal dejar pasar la oportunidad de probarla? Me fui zumbando hasta allí, tan rápido como me lo permitieron las alas, y aterricé justo cuando el emperador convocaba a su primer ministro al palacio imperial para una reunión «muy importante»...

El primer ministro del imperio

Como lo cuenta Liam Neeson

ILUSTRACIÓN DE MAURICE SENDAK

MI ANTIGUO COMPAÑERO de escuela, el emperador, ¡es tan valiente, tan sabio, tan... poco apto para ese cargo! Yo, nadie más que yo, debería ocupar ese puesto. Yo gobierno el imperio. Él no es más que un cabeza de chorlito que sólo piensa en la ropa. Ah, si sólo por una vez me dijera «Cedric, sin ti estaría perdido», sería feliz... o al menos no me dedicaría con tanta pasión a robar el dinero imperial a sus espaldas. Pero no, lo único que le oigo decir es «Cedric esto», «Cedric lo otro», «Cedric aquello». Sin ir más lejos, ese irritante asunto de su traje de cumpleaños.

Yo estaba ocupado preparando la Cumbre de reyes cuando el emperador me mandó llamar. «Fiel Cedric —me ordenó—, deja a un lado los demás asuntos y dedícate por entero a buscar el traje más espléndido que puedas encontrar. Quiero estrenarlo en el desfile de mi cumpleaños.»

¡Así que tenía que ir de compras! ¡Una ocupación indigna de mí! Le sugerí que se lo encargara a uno de mis ayudantes... ¡o a su mujer, qué demonios! Fue inútil: él insistió en que el hombre indicado para ese trabajo era yo. Me sentí humillado, me puse furioso y me fui a tomar un baño, algo que siempre me ayuda a tramar... a pensar, quiero decir.

A remojo en la bañera, miraba mi cuerpo arrugado y rosáceo cuando tuve la siguiente idea: ¿Qué podría ser más vergonzoso para un emperador que desfilar ante sus súbditos DESNUDO... y creyendo que va vestido a la última moda? Así los súbditos pensarían que se había vuelto loco y pedirían que renunciase al trono. ¡Sí! ¡Al fin podré reinar! ¡Al fin obtendré lo que merezco!

PERO EL PRIMER ministro solo no podía llevar a cabo su siniestro plan y viajó hasta los rincones imperiales más oscuros en busca de expertos que le ayudaran... Y entre lo peor de lo peor encontró a los cómplices perfectos.

Los ladrones tejedores

Como lo cuentan Harrison Ford y Melissa Mathison

ILUSTRACIÓN DE PETER DE SÈVE

JOHNNY Y YO acabábamos de robarles las joyas a unos bobos ricos.

Todo iba bien hasta que un policía descubrió que el anillo que llevaba

Mary había pertenecido a una vieja duquesa, y nos encerró.

Empezábamos a pensar que estábamos perdidos cuando apareció ese

pedante del primer ministro y nos hizo una oferta:

Sí, dijo que podíamos librarnos de la cárcel imperial si conseguíamos que

el emperador creyese que éramos capaces de tejer un paño maravilloso, tan

maravilloso que no podrían verlo ni los bobos ni la gente de mal gusto.

Bueno, si el emperador había contratado como primer ministro a esa rata

no resultaría difícil embaucarlo. De modo que aceptamos la oferta.

Hicimos con aquel emperador lo que quisimos: le decíamos lo esbelto que

se conservaba, y que además de guapo se le veía muy refinado...

«A un hombre tan elegante como Vuestra Majestad —le dije yo—, le

recomendaría algo humilde y no muy llamativo. No está bien hacer

demasiada ostentación ante los plebeyos.»

Sí, le dimos color y más color para sacarle todo lo que necesitábamos: oro,

plata, joyas...

«Pero nadie puede tejer sólo con minerales y piedras preciosas», le advertí.

El embuste tenía que parecer real, así que pedí costosas sedas de gusanos

chinos y hojas de té de Darjeeling, en la India.

¡Volvíamos a la acción... para desplumar al emperador!

La rueca

Como lo cuenta Angela Lansbury

ILUSTRACIÓN DE ETIENNE DELESSERT

CUANDO EN PALACIO corrió el rumor de que estos tejedores tenían un talento especial para fabricar una tela sólo visible para la gente elegante y lista, me entraron ganas de conocer a esos genios del telar y ponerme a trabajar con ellos.

Llevaba un tiempo en un rincón, fuera de servicio. A la emperatriz no le gustaba hilar, y se hacía traer los vestidos de París, nada menos. Naturalmente, lo que no le gustaba era estropearse sus manos huesudas... perdón, quería decir delicadas.

De modo que estaba muy esperanzada, pero en cuanto me quedé a solas con los tejedores, éstos me ignoraron: hablaban y hablaban entre risitas de cómo le habían tomado el pelo al emperador. ¡Pero yo soy una señora rueca, faltaba más, y no me caen bien los que inventan historias y van por ahí engatusando a la gente! Faltó poco para que se me deformaran los radios, de tanto criar telarañas mientras aquellos ladrones embaucadores tramaban y urdían sus planes.

No olvidéis lo que os digo: la rueda de la fortuna gira igual que yo, y en esa gran rueda, como en todas, lo que gira, regresa. ¡Tendrán lo que se merecen, sí, señor!

ENTRETANTO, EL EMPERADOR, ansioso por saber cómo progresaba el fantástico traje que había encargado, envió a su ayuda de cámara a visitar a los tejedores, con la orden de que a su vuelta le presentara un detallado informe. El nervioso ayudante salió a toda prisa, y al pasar formó una corriente de aire que casi me arrastra...

El ayuda de cámara

Como lo cuenta Nathan Lane

ILUSTRACIÓN DE CHRIS F. PAYNE

DIME CÓMO VISTES y te diré quién eres. Mi trabajo consiste en elegir la ropa que debe ponerse el emperador, y no me gusta que nadie interfiera en mi trabajo; por eso, cuando recibí la orden de supervisar la labor de los tejedores, corrí al taller dispuesto a inspeccionarlos... ¡para que los despidieran en seguida!

Los tejedores comenzaron la presentación con muchos aspavientos y me explicaron que un material de naturaleza tan delicada e inusual sólo podían verlo los dotados de verdadero buen gusto e imaginación.

Sin embargo, cuando sacaron el material... ¡Dios mío! ¡No veía nada! ¿Acaso estaba volviéndome loco? ¿Yo, una persona sin verdadero buen gusto? ¡Imposible! Me quité las gafas y volví a mirar, pero otra vez lo mismo: ¡nada de nada! ¡Caramba!

El emperador puede ser un poco veleidoso, y estoy seguro de que despediría a un ayuda de cámara si pensase que tiene mal gusto. Así que decidí regresar a palacio y una vez ante mi Imperial Señor dije, deshaciéndome en elogios: «¡Fabuloso! ¡Magnifiquísimo! ¡Ah, qué... posibilidades!» Así nadie podrá acusarme de no tener una imaginación brillante.

Las gafas del ayuda de cámara

Como lo cuenta Jason Alexander

ILUSTRACIÓN DE MARK TEAGUE

EN TODOS LOS años que llevamos en la nariz del ayuda de cámara del emperador, nunca lo habíamos pasado tan mal como cuando, haciéndonos a un lado, nos echó la culpa por no poder ver el trabajo de los tejedores.

Lo único que deseamos es un delicado estuche forrado en el que descansar, o alguien que nos lleve de una cadenita al cuello en lugar de apretujarnos en un bolsillo cualquiera. Lo normal. ¿A qué venía esa actitud? Nos arrojó sobre la mesa con tanta violencia que nos sorprende no habernos hecho añicos por el impacto y la humillación.

Los tejedores revoloteaban alrededor del ayuda de cámara, y lo adulaban y suspiraban sin cesar, cubriéndolo de atenciones mientras le enseñaban patrones y maniquíes y le iban diciendo: «¿Alguna sugerencia? Su opinión es importantísima para nosotros. Oh, por favor, díganos que le gusta.» Fue una puesta en escena sensacional, pero para unas observadoras experimentadas como nosotras no era más que una farsa descarada.

No hay duda de que ese zopenco miope hizo el ridículo con tantos arrullos y alabanzas a la tela imaginaria. ¡Qué lamentable espectáculo!

$\mathcal{E}$L AYUDA DE cámara se marchó tan molesto tras su encuentro con los tejedores que fue a ver al médico imperial para que le examinara la vista e hiciera algo por sus nervios. Yo, por supuesto, tuve que acompañarlo.

La médico imperial

Como lo cuenta la doctora Ruth Westheimer

ILUSTRACIÓN DE STEVE JOHNSON Y LOU FANCHER

¡ACHTUNG, CÓMO SON en este imperrio! Se quejan de achaques y dolorres, pero están tan sanos como los bueyes que tirraban del arado de mi padre, allá en Alemania. El ayuda de cámarra es el *piorr*: ¡mirra que quejarse de visión deforme! ¡El cerrebro es lo que tiene deformado!

Ese mentecato me distrajo de mi importante investigación sobre los tapones de cera en las orejas. Quería que examinara el traje nuevo del emperrador, mientras los tejedorres hilaban e hilaban levantando nubes de polvo que no dejaban ver nada. Pero sin duda lo que yo vi era precisamente eso: NADA.

Luego me enterré de que el emperrador en persona esperraba mi diagnóstico en materia de moda. A mí estos asuntos me importan un rábano, pero la tensión sanguínea del emperrador es un poco alta, y lo último que deseaba era que subiera más por las críticas al trraje. Yo me ocupo de su salud, no de su guardarropa. Fui a sus aposentos y le di con mucho cuidado mi opinión: «Una buena elección, señor emperrador. Una tela tan clara y ligerra nunca, ejem, nunca... irritarrá vuestra sensible piel imperial.»

En cuanto a las gafas «defectuosas» del ayuda de cámarra, se me ocurrió —recorrdé, quierro decir— la teoría de la quimerroclarridad ocular refractaria de Waldo Uberflaffer: «Vistos a través de lentes, los patrones de los tejedorres rebotan contra el ojo a ciento ochenta y tres grados, prrovocando una ceguera temporal.»

Al dejar los aposentos del emperrador, tuve que sonreír: pensé que una vez más había llegado a un diagnóstico brillante en una situación en la que la mayoría de los médicos se habrían quedado totalmente perrplejos.

Entonces fue cuando la emperatriz se enteró del alboroto que se había desatado a causa del traje nuevo de su esposo. Empujada por la curiosidad y los celos, y con sus damas de compañía a la zaga, decidió investigar en el taller de los tejedores.

La emperatriz

Como lo cuenta Madonna

ILUSTRACIÓN DE DANIEL ADEL

«JE SUIS L'IMPÉRATRICE!» A los pobrecillos que no saben francés, les convendrá saber que esto quiere decir «Soy la emperatriz». Sí, la media naranja, la parte mejor de... ese que ya sabéis.

Me ponga lo que me ponga, siempre estoy divina. Y cuando se trata de moda, dicto lo que se llevará y lo que no se llevará en el imperio. Es un trabajo agotador, os lo aseguro. Cuando oí hablar de la sensación de este año, el traje nuevo del emperador, pensé que tenía que dar mi visto bueno. Mi marido, aun siendo un hombre cariñoso y justo, no es lo que se dice inteligente. Así que tengo que vigilarle. Lo hago por él... y por mí. *C'est la vie...*

Observé por un momento el trabajo de los tejedores y pensé «¿Dónde están la *joie de vivre*, las lentejuelas, el *savoir faire*?» ¿Qué traje era aquél? ¡Pero si no tenía nada de gracia! Bueno, por no tener no tenía nada de nada, digámoslo claro. ¿Se trataba acaso de una broma de mal gusto? Entonces se me ocurrió pensar que en cuestión de moda lo más importante es la intención. Tener eso que se llama «estilo». Correr riesgos. Ser atrevida. Los tejedores habían diseñado un traje de cumpleaños sencillo en su elegancia pero... osado en su transparencia.

Si no fuera tan lista, no habría sabido apreciarlo. *Quelle bonne idée!* Por supuesto, les ordené que inmediatamente hicieran uno *pour moi*.

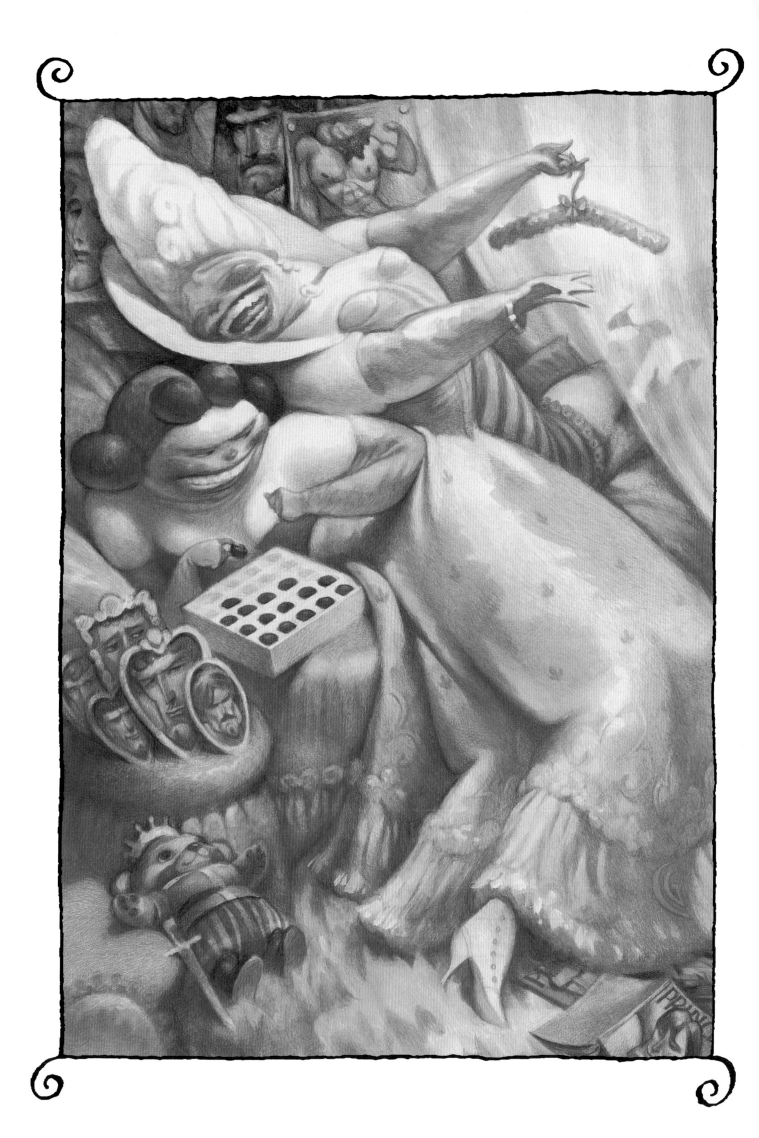

Las damas de honor imperiales

Como lo cuentan Carrie Fisher y Penny Marshall

ILUSTRACIÓN DE CARTER GOODRICH

Yo, BEATRINY VON BECKE, podía haber sido...

No, yo, Eugenia von Berg, debería haber sido la esposa del emperador...
Pero nos hemos quedado en damas de honor desde que éramos unas quinceañeras, cuando la real cabeza de mosquito se casó con Su Excelencia. Ahora, lo más cerca que llegamos a la buena vida es para hacerle sombra a ésa y
para consentirle que nos mande a ver en qué andan los tejedores.

Cualquiera podía darse cuenta de que esa pareja no eran más que vulgares ladrones, cualquiera... menos nuestra imperialísima ceporra, que no hacía más que exclamar «oh-oh» y «ah-ah», como si viese fuegos artificiales...
Hasta que Eugenia se atrevió a sugerirle a la señorísima... ¡que para el desfile
se hiciera un vestido a juego con el del emperador!

Bea reía tan fuerte que la cabeza le subía y le bajaba. Me parece que nuestra
nobilísima cabeza de mosquito creyó que estaba asintiendo a mi idea, porque
en ese mismo momento ordenó a los tejedores que le tomaran las medidas.
Eso sí, lo de encargar vestidos a juego también para sus hijos fue una ocurrencia única y exclusiva de esa distinguidísima cabeza hueca. Es una pena. Que la
madre sea una papanatas no quiere decir que los hijos también lo sean.

Por esta razón le dije con todos mis respetos: «¡Pero, señora! ¡Tantos trajes de
la misma tela pueden ensombrecer el esplendor dual de Vuestra Majestad y
del emperador!» Pero la excelentísima zambomba insistió y mandó que corrieran a buscar a sus hijos.

La princesa imperial

Como lo cuenta Melissa Joan Hart

ILUSTRACIÓN DE S. SAELIG GALLAGHER

DESDE QUE MAMÁ nos hizo disfrazar en un número musical para disfrute de la realeza que nos visitaba me había dicho a mí misma: «Cassie, no dejarás que esa mujer vuelva a decirte lo que te tienes que poner.» Lo malo es que mamá todavía es emperatriz, y basta con que haga una señal y diga «La princesa Cassandra debe hacer una visita a los tejedores imperiales» para que tengas que obedecer y hacer lo que te dice.

A decir verdad, los tejedores no es que fueran demasiado bien vestidos, pero también se me había enseñado que no debía nunca juzgar un libro por su cubierta. Vaya, es evidente, ¿no? Si se piensa en Albert Einstein quizá se considere ridículo su peinado, pero ese hombre era un genio.

No paraban de decir no sé qué acerca de los estúpidos que no podían ver su tela, y que si patatín, que si patatán, hasta que finalmente me las enseñaron. ¡Ésas eran las nuevas telas! Pensé que bromeaban, pero no: hablaban en serio.

Nadie iba a lograr que yo me vistiera con algo tan... revelador. De manera que hice un trato con mamá: me pondría uno de esos trapos cursis de princesa que tanto le gustan si no me obligaba a vestirme con la tela de los tejedores. «Es un estilo demasiado simple para mí —le imploré—. Además, ¡es una tela tan cara! ¡Y tan fina! Creo que la estropearía en seguida...»

¡Y se lo tragó! Tendría que vestirme de rosa, claro, pero considerando la alternativa ¡me habría agarrado a un clavo ardiendo!

El príncipe imperial

Como lo cuenta Jonathan Taylor Thomas

ILUSTRACIÓN DE GARY KELLEY

SER PRÍNCIPE TIENE sus ventajas: dinero, criados, buena comida, un palacio sensacional... pero a veces también es una lata. A los chicos normales no les ponen nombres como Tadeo Hermenegildo y seguro que ningún plomo de emperatriz los manda a tomarse medidas en el taller de unos tejedores de pacotilla.

Me presenté con Small Fry, mi cachorro de San Bernardo. Mi primera impresión fue que los tejedores de marras necesitaban unos tejedores de verdad. ¡La «tela» que estaban fabricando era invisible! «¡Qué pasada! —pensé—. ¡Deberían usarla todas las chicas del imperio!»

Pero entonces me di cuenta de que si quería imponer esa moda, tendría que ser el primero en no llevar nada durante el desfile. Si me veían mis amigos, estaba listo.

Me puse muy nervioso y empecé a tartamudear:

—Me he atiborrado de comida y no me siento bien. Además, tengo una cita y ya es algo tarde. Tengo artritis, ejem, quiero decir, colitis, y es la hora de pasear a mi perro. También tengo que hacer lustrar mis zapatos de fiesta y... oh, vaya, parece que llueve, ¿no?

Los tejedores se quedaron sin habla. Hasta Small Fry parecía perplejo. Aproveché la ocasión para irme corriendo a mi clase de brujería. Tal vez el hechicero podía enseñarme a desaparecer...

AL SALIR A toda prisa para ver a Tao, el brujo imperial, el príncipe se dio literalmente de narices con su padre. El emperador, entusiasmado por los elogiosos informes sobre su traje nuevo, estaba ansioso por conocer qué opinión le merecía el trabajo de los tejedores.

El príncipe balbució que llegaba tarde a su clase de brujería y que en seguida volvía. Así que nos fuimos los tres a ver al brujo: el muchacho atolondrado, el perro baboso y yo, la muy cuca.

El brujo imperial

Como lo cuenta Jeff Goldblum

ILUSTRACIÓN DE DAVID CHRISTIANA

EL PRÍNCIPE LLEGÓ a mí totalmente confundido. Quería decirle a su padre la verdad.

—¿Cómo puedo darle una opinión sobre nada? —preguntaba el muchacho.

—La verdad —le dije— es como el azul del cielo: pueden oscurecerlo las nubes, pero éstas acaban pasando y la verdad vuelve a brillar. —Como aún parecía aturdido, intenté otra explicación—: Las aguas turbias sólo se aclaran cuando las dejamos tranquilas. No interfieras en este asunto. Verás como la verdad se impone.

Sí, la doctrina del mínimo esfuerzo, una de mis favoritas, y siempre una apuesta segura.

El príncipe pareció impresionado por mi perspicacia. Me pidió que viera el paño y que le transmitiera mis reflexiones al emperador. Yo no quise dejar piedra sin mover —ni deseo de mi amo sin atender— y me dirigí al taller de los tejedores, quienes habían hilado una ilusión ingeniosa y una presentación admirable que lo dejaba todo bien claro.

Después fui a ver al emperador y le ofrecí una rara gema de sabiduría mística:

—El verdadero sabio —le dije— usa vestidos atrevidos, pero lleva una joya en el corazón.

Ah, sí, el emperador exultaba de alegría, la confusión de mi alumno había pasado, yo había ensartado tres desconcertantes proverbios... ¡y todo antes de la comida! ¡Vaya un día de trabajo para un hombre sabio! No obstante, he de admitir que ni siquiera yo sabía a ciencia cierta lo que decía.

Tao es tan profundo, tan vasto, que nadie entiende nunca ni una sola palabra de lo que dice. El emperador no es ninguna excepción: En esa ocasión no hizo más que asentir con la cabeza y sonreír al oír al viejo hechicero. Inmediatamente después, ordenó que compareciera ante él Etherius, el sacerdote imperial.

Tal vez un clérigo aportaría un poco de claridad a la mente del emperador...

El sacerdote

Como lo cuenta Dan Aykroyd

ILUSTRACIÓN DE CHRIS VAN ALLSBURG

LA MODA NO es tradicionalmente una ocupación religiosa, pero mi casa de culto —por no mencionar mi elegante apartamento, mi servicio de habitaciones, mi generoso salario y mi espléndido carruaje, con su tiro de sementales blancos— sobrevive gracias a las subvenciones del emperador. Por lo tanto, creedme si os digo de buena fe que para mí fue un... divino placer otorgarle la bendición de su divino traje nuevo, tal como me pedía.

La extraña pareja de tejedores proclamó muy ceremoniosa que sólo podrían verlo aquellos que poseían inteligencia y gusto divinos. Y a continuación desplegaron, plegaron y alisaron un trozo de aire. Sí, de aire. Finalmente se arrodillaron y me pidieron que bendijera la percha vacía de la cual «colgaba» su obra.

¿Qué podía hacer? Yo acepto milagros todos los días, y recé para que éste fuera uno de ellos.

Regresé a los aposentos del emperador y le dije que la tela me había parecido... divina.

¡Qué trabajo más agotador para el espíritu! El emperador no me paga bastante para asuntos como éste...

El bufón de la corte

Como lo cuenta Robin Williams

Ilustración de Berkeley Breathed

Mi trasero es mi trabajo. Soy largo de asentaderas. Mi objetivo son las bromas. Mi nalgatorio es musical, ruidoso, talentoso. Estoy dotado y doctorado en vientos, sí, señor. ¡Ésa es mi especialidad!

Ofrecía yo mi especial versión de *Tu perfume embriagador*, dedicada a nuestro emperador, cuando irrumpió en la sala el sacerdote soltando silbidos salpicantes. Algo había oído sobre el traje nuevo de mi señor, pero aquello que explicaba... ¡Chifla y rechifla! ¡Había que olerlo! ¡Que verlo, quiero decir! Y a verlo fui, con mis propios ojos.

Bueno, al llegar al taller de los tejedores, algo me olió mal, y por primera vez no era yo:

«¡Ya lo tenemos en el bote! —escuché que decían—. ¡Se muere de ganas de ponerse su traje de cumpleaños invisible!»

Puse la proa en polvorosa y en maniobra olorosa le di al fuelle para volver como un muelle ante Su Alteza Real. Me preguntó qué me parecía el traje nuevo. Como decía mi padre, Enrique Posa d'Eras, «Mira siempre de qué lado estás mejor sentado». No podía mentirle, ni tampoco aguarle la fiesta. Así que respondí: «Muy revelador, Majestad. El pueblo comprobará que no tenéis nada que ocultar... En términos de elegancia, se entiende.» Y después salí por vientos...   por piernas, quería decir.

LOS TEJEDORES FINALMENTE hicieron saber a todo el palacio que estaban listos para una prueba. El emperador convocó a todos sus consejeros al vestidor imperial para el gran momento.

Los tejedores «vistieron» con todo cuidado al emperador con su nuevo traje y se lo «arreglaron», toqueteando y arreglando por aquí y por allá, hasta que dieron un paso atrás, haciendo movimientos de aprobación con la cabeza y deshaciéndose en elogios.

El primer ministro contempló la escena con una sonrisa repelente. Después sugirió humildemente al emperador que se diera la vuelta y se mirara en el espejo imperial para ver finalmente, con sus propios ojos, el traje nuevo.

El espejo imperial

Como lo cuenta Geena Davis

ILUSTRACIÓN DE KINUKO Y. CRAFT

SOY PERFECTO.

No bromeo, soy perfectísimo. Reflejo las cosas exactamente como son. Soy incapaz de cometer un error.

Es cierto que el emperador y yo hemos discutido a menudo por unos cuantos kilos o por la progresiva extensión de su calva, pero por lo general termina aceptando mi punto de vista. Por esta razón precisamente me había divertido tanto con la farsa de los tejedores. Estaba seguro de que una vez que el emperador se contemplara en mi luna el día de la gran prueba final vería la verdad: los ladrones quedarían en evidencia, y al final todos nos desternillaríamos de risa.

Pero no: el emperador se plantó delante de mí y nos miramos el uno al otro. Con los ojos buscaba el reflejo de su persona pero no podía dejar de mirar los de sus consejeros, que seguían el «ensayo general» desconcertados. Estoy convencido de que Su Majestad vio lo que yo, sin dejar lugar a dudas, reflejaba: un emperador prácticamente desnudo, enmarcado en un espejo; un par de nerviosos «tejedores»; el transparentemente siniestro primer ministro, y todo el cabeceo aprobatorio de la corte imperial de tontos.

Sin embargo, no dijo esta boca es mía. Nadie dijo una palabra. Yo casi me hago añicos por la frustración. Había creído que el emperador era un hombre sensato. ¡Por mi gloria! ¿Es que no se daba cuenta?

Un grito de alegría quebró el silencio... pero ninguno de los presentes pudo oírlo; procedía del más insólito de los lugares.

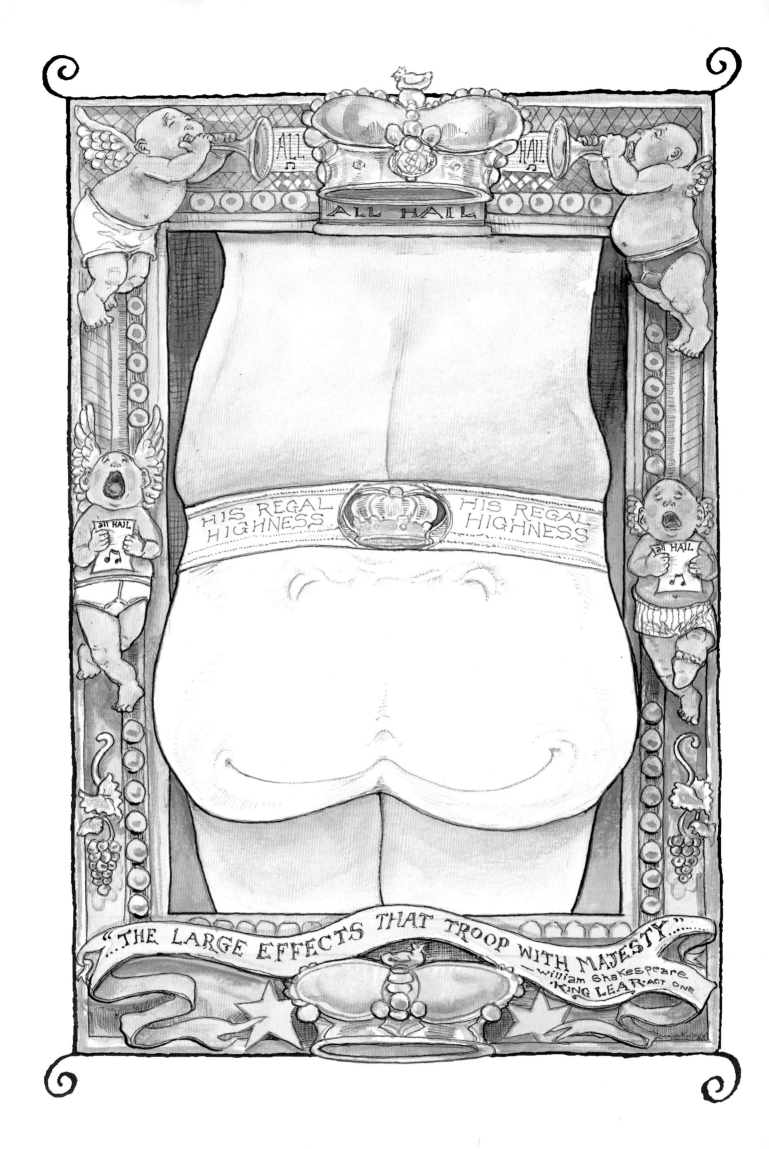

Los calzones del emperador

Como lo cuenta Calvin Klein

ILUSTRACIÓN DE STEVEN KELLOGG

¡Yuppiiii! Me quedé realmente encantado conmigo mismo, tan elegante y estilizado, en el espejo imperial.

Nadie en el vestidor imperial estaba más auténtica y sinceramente entusiasmado que yo con el próximo desfile de cumpleaños del emperador. Yo siempre he apoyado a Su Majestad, pero su sabia decisión de asistir al desfile envuelto en este nuevo traje fue algo que me alegró muy especialmente. Yo ya había pasado muchos años en la sombra; toda la vida había soñado con salir a la luz pública. ¡Y en el desfile por fin sería la estrella!

Me moría de ansiedad por oír los aplausos de la multitud. ¡Nada se interpone entre el emperador y sus calzones!

«Los amplios efectos que desfilan con la majestad...»
William Shakespeare
El rey Lear, acto primero

El trono imperial

Como lo cuenta Rosie O'Donnell

ILUSTRACIÓN DE TOMIE DEPAOLA

SÉ QUE ES difícil de creer, pero —que quede entre nosotros— el emperador no lleva siempre los calzones más delicados, y eso que puede permitirse los mejores. ¿Acaso su madre no le enseñó a comprárselos? A veces sus calzones tienen más agujeros que un queso suizo.

Lo que más deseo es poder contarle a Su Alteza Imperial todo sobre las manipulaciones y maquinaciones del primer ministro. Cuando todo el reino duerme, el muy zorro entra de puntillas en los aposentos del emperador, pone su asqueroso trasero encima de mí y juega a ser el jefe. ¡Y con los pies sucios! Y que conste: el primer ministro tiene un trasero rugoso y basto, más peludo que el orangután de la princesa.

Sea como fuere, cuando vi que el emperador se acercaba y se disponía a sentarse, bueno, yo no estaba preparado para recibir su «ser esencial». Tengo cuatro patas y no pude salir corriendo. Sí, mi emperador será un hombre amable, decente, benévolo, y su trasero más suave que la seda, más tierno que el de mil bebés. Pero, por favor, ¡prefiero las nalgas reales cubiertas!

L EMPERADOR SE levantó de su trono y anunció: «¡Éstos son los hilos más finos que he visto en toda mi vida!»

En ese momento la señora tejedora se aclaró la garganta y comenzó a hacerle gestos a su esposo.

—Perdonad a mi marido, Majestad, pero casi olvida una de las piezas más importantes del traje: los calzoncillos imperiales —dijo la tejedora dándole un codazo en las costillas a su marido.

—¡Oh, es cierto! —dijo el tejedor—. Aquí los tengo, Majestad. —E inclinó la cabeza e hizo como si tuviera una prenda muy delicada entre sus huesudos dedos—. Contemplad vuestros calzoncillos especiales. Sin cargo alguno: son nuestro regalo especial para vuestro cumpleaños.

El emperador dio las gracias a los tejedores y aceptó su «ofrenda». Prometió solemnemente ponérselos cuando llegara el gran día.

El primer ministro no cabía en sí de contento.

Los lamentos y sollozos de los viejos calzones del emperador eran tan fuertes que no puedo creer que nadie los oyera. Nunca en mi vida vi un pedazo de algodón más disgustado.

Y al fin llegó el día del cumpleaños del emperador.

La trompeta del heraldo

Como lo cuenta Fran Drescher

ILUSTRACIÓN DE MICHAEL PARASKEVAS

ME LLAMAN LA trompeta vocinglera. A veces de tanto chillar sueno un poco cascada, pero mi voz está asegurada en Lloyd's de Londres. Algún día seré una trompeta silenciosa, pero muy rica...

De todos modos, el sol brillaba, los niños jugaban y los pájaros cantaban, mientras que todos los que iban a desfilar se preparaban y se alineaban. Y en el medio de ese gentío, dos manchas imperiales de color rosa, los dos necios más crédulos que he visto en la vida. ¡Nunca me habría imaginado que el emperador y su esposa tomaran parte en semejante estupidez!

Pero llegó la hora de anunciar la fanfarria imperial, y de que la gente se preguntara adónde iba a parar el dinero de los impuestos con esos imbéciles al mando.

Mis gruesos labios de bronce llevaron a las calles la tonada imperial, pero en realidad lo que yo quería decir era: «Oídme, oídme! ¡Vais a ver lo que es bueno! ¡Veréis en manos de quién estamos!»

L A TROMPETA DEL heraldo apenas se oyó a causa del griterío de la multitud entusiasta. Cuando comenzó el desfile, todos empujaron para poder ver el traje nuevo del emperador.

Por supuesto, para mí la multitud era como una parada enorme de bocados apetitosos. Divisé una mujer con demasiada ropa y me lancé derechita a su chal: me lo comí como se comen las palomitas de maíz en el cine, mientras contemplaba el gran espectáculo.

La madre del niño sincero

Como lo cuenta Joan Rivers

ILUSTRACIÓN DE FRED MARCELLINO

SUPONGO QUE EL emperador se pulió el presupuesto del desfile en su nuevo traje. Todos esperábamos bailarinas, malabaristas y osos danzantes, pero lo único que vimos fue una pareja de bailarinas gordas como focas incapaces de ponerse de puntillas y un malabarista «malabareando» una sola pelota que al final se le cayó. A continuación venían los perros del emperador seguidos por las hermanas de la emperatriz, dos grupos fácilmente confundibles.

Por último, cerrando la marcha, venían dos personas desnudas y poco atractivas para quienes el aeróbic era claramente un concepto desconocido.

«Oh —pensé—, ni siquiera con corona se libra uno de la celulitis.» Sí, por un momento pensé que la pareja real iba lisa y llanamente desnuda, pero también me vinieron a la cabeza imágenes de torres con prisiones y de cuellos rebanados por hablar mal del emperador.

Mi hijo empezó a acosarme con preguntas, tironeándome de la falda y gritando para hacerse oír por encima de esa banda de sesenta y siete tubas. Al final me dio una patada de esas que ningún niño debería darle a su madre tan joven y guapa.

—El emperador y la emperatriz no llevan ropa —susurró.

—¡Cállate! —le dije, intentando protegerlo—. Son ropas color carne, ¿no ves esas líneas azules tan bonitas en las medias de la emperatriz?

El niño sincero

Como lo cuenta Steven Spielberg

Ilustración de Don Wood

Se estaba volviendo loca mi madre? ¿Estaba todo el mundo chalado? ¿O era yo el chiflado? Yo sabía qué estaba viendo..., quiero decir, estaba seguro al 99,999 % de que sabía lo que estaba viendo. Pero la gente se comportaba de una manera extraña: «¡Me encanta!», «¡Es un traje tan... sencillo!», ¡«Esta vez se han superado a sí mismos!», decían.

Me fui abriendo paso entre aquella jungla de piernas hasta que llegué ante un letrero que decía: POR FAVOR, NO PASAR. Y entonces miré y remiré y lo vi realmente bien...

—¡El emperador y la emperatriz están desnudos!

¡Por fin alguien decía la verdad!

Y ese alguien era yo.

No me di cuenta de lo alto que había hablado hasta que oí el eco resonando en las paredes del castillo: «Udoos... udoos... udoos.» Mi mamá quiso taparme la boca pero terminó metiéndome el dedo en la nariz. Todo el mundo se calló en ese preciso instante, y el desfile se detuvo justo delante de mí. Miles de personas me miraban. El corazón me comenzó a latir con tanta fuerza que pensé que se me iban a partir las costillas; en mis oídos el estruendo crecía y crecía.

¿Tenía yo los tornillos flojos? ¿O simplemente *tenía razón?*

$\mathcal{E}$L RUIDO SORDO que oyó el niño no procedía del interior de su cabeza, sino de la multitud: «¡Tiene razón! ¡El niño ha dicho la verdad!» El estruendo se convirtió en tumulto. Las cosas se ponían feas para la familia real y toda la corte imperial. El pueblo estaba a punto de rebelarse.

Fue entonces cuando el general imperial —un hombre imponente que reaccionaba con presteza— entró en acción.

El general imperial

Como lo cuenta el general H. Norman Schwarzkopf

ILUSTRACIÓN DE GRAEME BASE

EN MEDIO DEL tumulto, observé una sonrisa malvada en el rostro del primer ministro. ¡Rayos y truenos! Sabía que ese bellaco no intentaba nada bueno. Llevaba tiempo sospechando, y con razón, que se estaba forrando con dinero del pueblo, y que esperaba una oportunidad para derrocar al emperador. Pero el primer ministro no iba a tener esa oportunidad mientras yo estuviera de guardia.

Me acerqué al emperador y en voz baja lo felicité por su brillante plan para descubrir las influencias malignas en el gobierno. El emperador no entendía ni jota de lo que le decía... hasta que lo ayudé a «darse cuenta» de que el desfile era un plan, su plan, para volver las tornas y poner al descubierto las ruines intenciones del primer ministro y sus cómplices. ¡Qué valor! ¡Cómo se había expuesto, sin vacilar!

La rata del primer ministro temblaba como una hoja cuando lo apresé. Sabía que su plan había fracasado y que si yo apretaba un poco más le podía partir ese cuello malvado.

Los conspiradores, gimoteando, me imploraron piedad cuando los metí en el carro que los llevaría a la prisión. El primer ministro les echó la culpa a los tejedores, y los tejedores, por supuesto, le echaron la culpa al primer ministro. ¡Bribones sin agallas!

Yo había cumplido con mi deber. Ahora el emperador podía dirigirse a su pueblo.

El emperador

Como lo cuenta John Lithgow

ILUSTRACIÓN DE WILLIAM JOYCE

«¡CIUDADANOS!

Vuestro emperador, elegante entre elegantes, os pide atención:

El destituido primer ministro acaba de perder su pensión.

Ya veis, este desfile fue una inteligente charada

para descubrir a dos impostores y una renegada.

»¡Ciudadanos imperiales! ¡Hoy es un día para celebrar!

Libres ya de esos villanos, en esta tierra reina la paz.

Sin dilación cubriré una vacante importante:

Lo que más necesito es un consejero, no un tunante.

»En mente tengo a alguien valiente, listo y sincero,

y que además lleva un jubón verdadero...

Por eso, ciudadanos, habitantes de este hermoso país,

el niño sincero será ministro en un tris.»

Cuando le pregunté cuál sería su sincera opinión

si me ponía zapatos de ante marrón,

sin perder un segundo, el muy arrojado,

dijo alto y claro ante el público congregado:

«Tus ropas, si hechas jirones,

o de oro macizo todos los botones,

¿qué más da? Sólo importa tu corazón,

y por supuesto también lo que tienen en el cabezón.»

La multitud lo aclamó y le abrió paso,

su madre se sonaba con pañuelo de raso.

No era la única: de emociones plenos

llorábamos todos como magdalenos.

La mejor política: ¡honestidad ante todo,

si no queremos que nos cubra el lodo!

Pero no lanzaría ahora este grito invocador

de no haberme probado el vestido nuevo del emperador.

SÍ, LO HABÉIS ADIVINADO

DESDE ESE DÍA todos vivieron felices. Todos menos el primer ministro y los tejedores, claro.

Hasta hoy el trío de malvados está expuesto al público en una gran caja de cristal frente al palacio. De día y de noche tejen y cosen nuevas ropas (ropas de verdad) que se destinan a los pobres imperiales. Y —aunque algunos digan que ése es más un castigo para la gente de la ciudad— les obligan a trabajar desnudos.

Como sastres son unos desastres. Cometen un montón de errores, pero gracias a ellos soy una polilla muy feliz. Siempre tengo la panza llena de los sabrosos retazos que se amontonan detrás de la jaula de cristal.

Entretanto, hacedle un favor a esta simpática polilla: decid a vuestros padres que tiren a la basura esas bolitas de naftalina. ¿Quién sabe?, a lo mejor me decido a haceros una visita.

Reparto

La polilla

QUENTIN BLAKE Ilustrador internacionalmente aclamado de muchos libros infantiles: *Ángel, el equilibrista, El violín de Patrick,* etc. Especialmente admirado por los lectores jóvenes por sus dibujos para narraciones de Roald Dahl: *Cuentos en verso para niños perversos* y *Matilda.* Vive en Londres.

El primer ministro del imperio

LIAM NEESON Comenzó su carrera de actor en el teatro irlandés. El director John Boorman lo vio en una puesta en escena de *De ratones y hombres* en Dublín, y le ofreció el papel de sir Gawain en *Excalibur.* Neeson continuó trabajando en teatro y en cine, con importantes papeles en *La misión, Darkman* y *Maridos y mujeres. La lista de Schindler* lo lanzó al estrellato, y su papel como revolucionario irlandés *Michael Collins* consolidó esta fama.

El primer ministro del imperio

MAURICE SENDAK Creador del encantador clásico *Donde viven los monstruos* ha escrito e ilustrado más de setenta libros y obtenido los principales galardones a la literatura infantil. A Sendak se deben asimismo comedias musicales y dibujos animados para televisión; a lo largo de sus más de cuarenta años de carrera ha contribuido a cambiar la noción de lo que se considera «aceptable» para los niños. Otra de sus creaciones es *La cocina de noche.* Vive en Connecticut.

Los ladrones tejedores

HARRISON FORD y MELISSA MATHISON Llevan quince años casados. Él es actor, ella es guionista cinematográfica. Viven en Jackson, Wyoming, con sus dos hijos. No tejen ni roban.

Los ladrones tejedores

PETER de SÈVE Su trabajo artístico resulta familiar para todos los que frecuentan Broadway, ya que es el diseñador de los anuncios de *Candide* y de *A Funny Thing Happenned on the Way to the Forum*, dos piezas teatrales de notable éxito. Colaborador de portadas de publicaciones periódicas de gran tirada como *The New Yorker*, trabaja también en los estudios de animación de Hollywood. Ha colaborado en el desarrollo de determinados personajes de Disney, como en *El jorobado de Notre Dame* y también en *El príncipe de Egipto*, película de Dreamworks SKG, la productora de Spielberg.

La rueca

ANGELA LANSBURY Su carrera de actriz se extiende más de medio siglo. Ha conocido grandes éxitos como protagonista de piezas dramáticas y comedias musicales en Broadway, y, más recientemente, como la estrella de *Se ha escrito un crimen*, la serie de detectives con mayor número de capítulos en la historia de la televisión. Angela Lansbury ha ganado numerosos premios y distinciones, incluidos seis Globos de Oro y cuatro premios Tony.

La rueca

ETIENNE DELESSERT Sus personales libros, ampliamente aclamados por la crítica, comenzaron a hacer las delicias de los niños y a preocupar a los padres en 1967, con la publicación de *Una larga canción*. Desde entonces ha ilustrado más de cincuenta libros, incluidos *Cómo el ratón descubre el mundo al caerle una piedra en la cabeza* y *Fiesta en el Arca de Noé*. Su obra es objeto del reconocimiento internacional: la primera exposición antológica de su obra tuvo lugar en el Louvre cuando Delessert sólo tenía treinta y cuatro años.

El ayuda de cámara

NATHAN LANE Se ha convertido rápidamente en un actor favorito del público por la vena cómica que sabe introducir en sus personajes. A partir de la célebre película *La jaula de las locas*, en la que tuvo como pareja a Robin Williams, obtuvo un American Comedy Award, el Screen Actors Guild Award y una nominación al Globo de Oro. Por su papel en la puesta en escena en Broadway de *Golfus de Roma* obtuvo el Tony y un premio de la crítica al mejor actor de comedia musical.

El ayuda de cámara

CHRIS F. PAYNE Es un ilustrador por cuenta propia cuyos trabajos aparecen con frecuencia en *Time, The New York Times Book Review, Esquire, GQ* y *The New Yorker*, entre otras publicaciones. Ha dado clases y conferencias, y entre las numerosas distinciones que ha merecido destacan las medallas de oro y de plata y el premio Hamilton King, otorgados por la Asociación de Dibujantes. En otoño de 1996 su trabajo se vio reconocido con una exposición en el Museo de Arte de Cincinatti.

Las gafas del ayuda de cámara

JASON ALEXANDER Con veinte años como actor teatral, cinematográfico y de televisión a sus espaldas, ha interpretado papeles secundarios en *Pretty Woman, Detrás de la noticia* y muchas otras películas. También dobló al personaje de la gárgola Hugo en *El jorobado de Notre Dame* de Walt Disney.

Las gafas del ayuda de cámara

MARK TEAGUE Empezó su carrera como ilustrador publicando un libro que mereció su mención en el *Publisher's Weekly* como una de las revelaciones de 1989. De formación autodidacta, su estilo sorprendente y original se ha ido definiendo a lo largo de una docena de libros notables, entre los que destacan *Baby Tamer, Pigsty* y *The Secret Short*, debidos enteramente a su imaginación y a su trabajo.

La médico imperial

Dra. RUTH WESTHEIMER Los norteamericanos piensan en ella cuando tienen preguntas sobre el sexo. Su programa de radio *Sexually Speaking* la presentó al gran público en 1980, y desde entonces ha puesto sus conocimientos al servicio de millones de personas, a través de casi todos los medios de comunicación: colaboraciones semanales en la prensa, libros, juegos, vídeos, software, Internet...

La médico imperial

STEVE JOHNSON y LOU FANCHER Son un matrimonio que funciona también como equipo de ilustradores de muchos libros infantiles aclamadísimos: *My Many Colored Days, Cat, You Better Come Home* y *The Frog Prince, Continued*. Devotos admiradores de Margot Fonteyn, uno de sus últimos trabajos ha sido la creación de ilustraciones para la reinterpretación de la historia de *Copelia* que hizo esta bailarina. Viven en Minneapolis, Minnesota.

La emperatriz

MADONNA Hizo su entrada en el mundo de la música en 1982 con un álbum que dio inicio a una serie imparable de éxitos que no han cesado, hasta convertirla en una de las más populares figuras de la música pop en todo el mundo. Al mismo tiempo Madonna ha llegado a ser una de las protagonistas preferidas de los directores de Hollywood, y ha intervenido en películas como *Buscando a Susan desesperadamente, Dick Tracy, Ellas dan el golpe* y varias más; recientemente ha protagonizado la versión cinematográfica de la comedia musical *Evita* de Andrew Lloyd Weber.

La emperatriz

DANIEL ADEL Ha trabajado como ilustrador por cuenta propia desde que se graduó en el Dartmouth College en 1984. Ha pintado numerosos retratos, ha ilustrado el libro infantil *The Book that Jack Wrote*, por Jon Scieszka, y ha creado ilustraciones para las cubiertas y páginas interiores de varias publicaciones estadounidenses, como *Vanity Fair, The New Yorker* y *Time*. En su tiempo libre, el señor Adel practica la neurocirugía.

Las damas de honor imperiales

CARRIE FISHER Consumada actriz y novelista, es autora de varios bestsellers y también una guionista muy solicitada. Su fama se inició con su papel de la princesa Leia en la taquillera trilogía *La guerra de las galaxias*. También intervino en *Cuando Harry encontró a Sally*. A su pluma se debe el éxito *Postcards from the Edge*, novela que fue llevada al cine y tras la cual ha escrito dos más, así como diversos guiones cinematográficos.

Las damas de honor imperiales

PENNY MARSHALL Con Cindy Williams forma un encantador dúo en la comedia televisiva *Laverne and Shirley*. Después se dedicó a la dirección, oficio en el que ha sobresalido con muchos filmes importantes. Por *Big*, su segunda película, Tom Hanks fue nominado por primera vez al Oscar al mejor actor; *Ellas dan el golpe* fue uno de los mayores éxitos de 1992, y *Despertares* fue candidata al Oscar a la mejor película.

Las damas de honor imperiales

CARTER GOODRICH Su obra gráfica se publica regularmente en revistas como *Time, Sports Illustrated, The New Yorker*. Ha publicado dos libros ilustrados para niños: *The Nutcracker* y *A Christmas Carol*. Vive y trabaja en Providence, Rhode Island.

La princesa imperial

MELISSA JOAN HART Rodó su primer anuncio cuando apenas tenía cuatro años, y desde entonces ha seguido trabajando sin parar en publicidad y programas de televisión. En teatro ha intervenido en *Las brujas de Salem* (Broadway). Asimismo ha escrito una popular columna en la revista para jóvenes *Teen Beat*. Su gran éxito lo consiguió cuando empezó a interpretar el papel de Clarissa en *Clarissa Explains it All*.

La princesa imperial

S. SAELIG GALLAGHER Dibujante y artista editorial de prolongada carrera, sus obras han embellecido libros y revistas de difusión internacional. Ha recibido distinciones como la medalla de plata de la Asociación de Dibujantes. Su primer libro ilustrado, *Moonhorse*, de Mary Pope Osborne, le reportó un amplio reconocimiento como ilustradora de libros infantiles; entre sus trabajos posteriores destacan especialmente sus ilustraciones para *The Selfish Giant*.

El príncipe imperial

JONATHAN TAYLOR THOMAS Popular por su papel de Randy en la serie televisiva *Home Improvement*, también ha aparecido en varios largometrajes destacados, entre los que figuran *Tom Sawyer* y *Pinocho*. Asimismo presta su voz a muchos personajes de dibujos animados, entre los que sobresale el joven Simba de *El Rey León* de Walt Disney.

El príncipe imperial

GARY KELLEY Está considerado uno de los mejores ilustradores del mundo. Ha colaborado en muchas portadas de revistas, cubiertas discográficas e importantes campañas publicitarias. Entre sus ilustraciones para libros destacan *The Legend of Sleepy Hollow* y *Rip Van Winkle* de Washington Irving.

El brujo imperial

JEFF GOLDBLUM Comenzó su carrera a los diecisiete años, cuando se trasladó a Nueva York para estudiar interpretación en la Neighborhood Playhouse. En menos de un año consiguió sus primeros papeles cinematográficos: *Nashville* fue una de sus primeras apariciones. Desde entonces se ha convertido en uno de los actores más populares por sus papeles en *Annie Hall*, *Parque Jurásico*, *La mosca* e *Independence Day*. Ha dirigido un cortometraje, *Little Surprises*, nominado para un Oscar. Vive en Los Ángeles.

El brujo imperial

DAVID CHRISTIANA En 1990 publicó su primer libro para niños, *Drawer in a Drawer*, aclamado por la crítica, y desde entonces se lo conoce como uno de los mejores nuevos talentos en la ilustración de libros infantiles, tanto propios como de otros autores. Vive en Tucson, Arizona.

El sacerdote

El sacerdote

DAN AYKROYD Se inició con la afamada compañía Second City Comedy, pero se hizo popular por su trabajo en la primera versión de la serie *Saturday Night Live* (1975). Posteriormente intervino en películas cómicas como *Los cazafantasmas*. Sin embargo, los mejores elogios los ha recibido como actor dramático. Obtuvo una nominación de la Academia al Oscar al mejor actor secundario por su papel en *Paseando a Miss Daisy*.

El sacerdote

CHRIS VAN ALLSBURG Uno de los creadores de libros infantiles más populares de Estados Unidos. *The Polar Express* es un clásico navideño, y *Jumanji* se adaptó a la pantalla con Robin Williams en el papel protagonista.

El bufón de la corte

ROBIN WILLIAMS Se hizo popular en los años setenta como el hiperactivo alienígena Mork de Ork de *Happy Days* y *Mork and Mindy*. Su posterior carrera cinematográfica incluye papeles cómicos y dramáticos en filmes como *El mundo según Garp*, *El club de los poetas muertos*, *El rey pescador*, *Good Morning, Vietnam* y *la señora Doubtfire*. Asimismo prestó su voz al genio de *Aladdín*, otro éxito de Disney.

El bufón de la corte

BERKELEY BREATHED Uno de los ilustradores más populares de Estados Unidos. Su tira cómica *Bloom County*, ganadora del premio Pulitzer, fue una de las más leídas en los años ochenta, y sus colecciones de cómics son best-séllers eternos. Su primer libro ilustrado, *A Wish for Wings that Work*, incorporaba a uno de los personajes más populares de *County Bloom*, el pingüino Opus, y fue un éxito instantáneo. Vive en Santa Bárbara.

EL ESPEJO IMPERIAL

GEENA DAVIS Debutó en *Tootsie* en 1982 y a partir de entonces se ha convertido en una de las actrices preferidas de Hollywood; fue nominada al Oscar a la mejor actriz por su papel en *Thelma y Louise*, y obtuvo el Oscar a la mejor actriz secundaria por *El turista accidental*. Entre sus otras películas destacan *Bitelchús* y *Las chicas de la Tierra son fáciles*.

EL ESPEJO IMPERIAL

KINUKO Y. CRAFT Sus pinturas aparecen con frecuencia en las portadas de revistas como *Time* y *Newsweek*. Ha ilustrado asimismo las cubiertas de decenas de novelas. Ganadora de más de cien premios por su obra gráfica, entre los que se incluyen dos medallas de oro de la Asociación de Dibujantes.

LOS CALZONES DEL EMPERADOR

CALVIN KLEIN Su nombre es una de las marcas más conocidas del mundo de la moda, merecida recompensa al audaz muchacho que soñaba con ser diseñador y que aprendió por su cuenta a diseñar y coser. Es conocido por su ropa —desde lencería fina a tejanos pasando por alta costura para hombre y mujer— y también por sus atrevidas campañas publicitarias, sus populares perfumes y sus contribuciones a favor de varias fundaciones de lucha contra el sida. Vive en Nueva York.

LOS CALZONES DEL EMPERADOR

STEVEN KELLOGG Ha trabajado ilustrando libros la mayor parte de su vida; ya de niño entretenía a sus hermanas ilustrando cuentos que él mismo inventaba. De adulto ha escrito y/o ilustrado cerca de cien libros, incluidas cuatro historias sobre un gran danés llamado *Pinkerton*, *The Great Quillow* de James Thurber y una nueva versión de *Jack and the Beanstalk*, así como *Pollita pequeña*.

El trono imperial

ROSIE O'DONNELL Está considerada una de las mejores actrices de comedia de Hollywood por sus papeles en *Ellas dan el golpe*, *Algo para recordar*, *Los Picapiedra* y *Beautiful Girls*. Últimamente ha sido elogiada por crítica y público por su programa televisivo *The Rosie O'Donnell Show*. Elegida «presentadora del año» por *Entertainment Weekly*.

El trono imperial

TOMIE dePAOLA Es uno de los más populares ilustradores de libros infantiles. Sus dibujos, sencillos y estilizados, llevan una inconfundible marca personal. Autor de más de ciento ochenta libros desde 1965, e ilustrador de muchos más, su obra comprende cuentos folklóricos y narraciones autobiográficas. Algunos de sus libros más populares son *Strega Nona*, *Tonino y su pueblo* y *Oliver Button es una nena*.

La trompeta del heraldo

FRAN DRESCHER La voz del programa televisivo *The Nanny*, y veterana también de la pantalla grande, donde intervino en filmes como *Fiebre del sábado noche*. Entre sus películas más recientes destacan *The Beautician and the Beast* y *Jack*, en la que interpreta al objeto del deseo amoroso de Robin Williams. Su autobiografía, *Enter Whining*, figuró en la lista de los libros más vendidos del *New York Times*.

La trompeta del heraldo

MICHAEL PARASKEVAS Con su madre, Betty Paraskevas, forma uno de los equipos más originales de autores de libros para niños. Sus cuatro libros sobre Junior Kroll son clásicos del género, y sus otros títulos —entre los que figuran *The Ferocious Beast* y *Cecil Bunions and the Midnight Train*— son admirados tanto por la crítica como por el público. Michael Paraskevas también colabora en revistas como *Sports Illustrated* y *Time* y expone periódicamente en importantes galerías.

La madre del niño sincero

JOAN RIVERS Su primera gran oportunidad, un show nocturno para la televisión, la tuvo en 1965. Posteriormente fue portada de revistas como *Newsweek* y *People*. En 1983 se convirtió en la única presentadora invitada de *Tonight*. En 1987 comenzó un *talk-show* diurno por el cual ganó varios premios Emmy y una nueva generación de admiradores.

La madre del niño sincero

FRED MARCELLINO Sus ilustraciones han distinguido las portadas de muchos libros, y ya era bien conocido por los lectores cuando apareció su primer libro ilustrado *Puss in Boots* en 1991. El libro recibió una estupenda acogida de la crítica y obtuvo la medalla de honor Caldecott, estableciendo a Marcellino como uno de los talentos más prometedores en la literatura infantil.

El niño sincero

STEVEN SPIELBERG Uno de los directores de mayor éxito del mundo. Spielberg rodó su primera película con actores cuando tenía doce años y desde entonces ha dirigido muchos de los filmes más taquilleros de la historia del cine: *Tiburón, E.T., Encuentros en la tercera fase, En busca del arca perdida, Parque Jurásico*. Coronó su trayectoria con *La lista de Schindler*, por la que obtuvo el Oscar a la mejor película, al mejor director y cinco estatuillas más.

El niño sincero

DON WOOD Forma con su mujer, la escritora Audrey Wood, uno de los equipos de autor-ilustrador de libros infantiles de mayor éxito de los últimos años. Su libro *The Napping House* es un clásico, al igual que otras obras escritas en colaboración con Audrey: *Piggies, Bright and Early Thursday Evening, The Tickleoctopus* y *Heckedy Peg*. Vive con su esposa en Santa Bárbara, California.

El general imperial

GENERAL H. NORMAN SCHWARZKOPF General retirado del ejército de Estados Unidos, fue comandante en jefe de las operaciones «Escudo del Desierto» y «Tormenta del Desierto». Coordinó los esfuerzos de todas las fuerzas aliadas a partir de agosto de 1990, poco después de la invasión de Kuwait por Iraq, hasta agosto de 1991, fecha en que se retiró. Su autobiografía —*It Doesn't Take a Hero*— se ha convertido en best-séller.

El general imperial

GRAEME BASE Internacionalmente famoso por *Animalia*, su segundo libro ilustrado, libro-abecedario que ha sido un éxito de ventas mundial, y cuya continuación, *The Eleventh Hour*, obtuvo una acogida semejante. También ha ilustrado el poema *Jabberwocky* de Lewis Carroll.

El emperador

JOHN LITHGOW Más conocido por el público por su retrato de un extraterrestre en la serie *Third Rock from the Sun*, es, sin embargo, un actor versátil que a lo largo de su prolongada carrera se ha dedicado al teatro, al cine y la televisión. Ha sido nominado a varios Oscar de la Academia por sus interpretaciones en *El mundo según Garp* y *La fuerza del cariño*.

El emperador

WILLIAM JOYCE Hoy es uno de los más destacados ilustradores de libros infantiles desde la aparición de su primer título en 1985. Sus estilizadas ilustraciones recuerdan a un americano que nunca existió e inmediatamente transportan a los lectores a un mundo muy particular del autor. Entre sus libros figuran *Un día con Wilbur Robinson, Santa Calls, George Shrinks, Dinosaur Bob* y *The Leaf Men*.